오카메와 친구들

おかめとなかまたち
Okame and Her Friends

구름너머

일본 어느 마을에 오카메라는 아이가 있었어요.
오늘도 오카메는 학교 가기 전 거울 앞에서 중얼거렸어요.
"어쩜 이렇게 못 생겼지?"
오카메는 자신의 얼굴이 마음에 들지 않았어요.

にほんの あるむらに、おかめという こがいました。
きょうも、おかめは がっこうにいくまえ、かがみのまえで つぶやきました。
「どうして こんなに ぶさいくなのかしら?」
おかめは じぶんの かおが きにいりませんでした。

거울에 비친 눈이 반짝거리며 말했어요.
"설마 나한테 하는 말은 아니지?
나처럼 날씬하고 개성 넘치는 눈은 어딜 가도 없다고."

かがみに うつっためが、きらっと ひかりながら いいました。
「ぼくに いってることじゃないだろ?
ぼくみたいに スマートで こせいあふれるめは どこにもいないさ。」

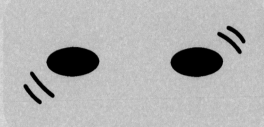

그러자 눈 위에 있는 동그란 눈썹도 말했어요.
"나처럼 동그랗고 귀여운 눈썹도 세상에 없을 걸?"

すると、めのうえの まるいまゆげも いいました。
「わたしのように まるくて かわいいまゆげも このよにないわ。」

코도 질 수 없다는 듯 끼어들었어요.
"나한테 말하는 건 절대 아닐 거야. 난 누가 봐도 잘 생겼잖아."

はなも まけずに つっこみます。
「ぼくの ことでも ないだろう。ぼくは だれから みても、かっこいい はなだからな。」

입은 가만히 듣고 있다가 오카메에게 소곤소곤 말했어요.
"오카메야, 사실대로 말해봐. 내가 제일 잘 생겼지?
맛있는 거 먹을 수 있는 것도 다 내 덕분이잖아."

くちは だまって はなしを ききながら、おかめに こそこそ ささやきました。
「おかめちゃん、ほんとのことを いって。わたしが いちばん すてきでしょ？
 おいしいものが たべられるのも、ぜんぶ わたしの おかげなんだから。」

오카메는 한숨을 푸~욱 내쉬더니
단호하게 말했어요.
"난 너희들이 다 마음에 안 들어!"

おかめは、ためいきを つきながら
きっぱりと いいました。
「わたし、
 あなたたち みんな きにいらないわ！」

7

그날 밤, 눈과 코는 서로 상대방이 더 못생겼다고 다투기 시작했어요.
"조용히 해! 오카메가 깨겠어!"
입이 말렸지만 소용없었어요.
둘은 한참 싸우다 조용해졌어요.

そのひの よる、めと はなは ぶさいくなのは おたがいの せいだと いいあいました。
「しずかにして！ おかめちゃんが おきちゃうわ！」
くちが けんかをとめましたが、ふたりは まったく ききいれません。
ふたりは ずいぶん ながいあいだ いいあったあと、だまりこみました。

다음 날 아침,
오카메는 거울 앞에서 깜짝 놀라 소리쳤어요.
"우와아앗! 코가 없어졌어. 내 코!!"
눈은 아직도 기분이 풀리지 않았는지 새초롬하게 쳐다만 보고 있었어요.
하는 수 없이 입이 대답했어요.
"코는 삐져서 나갔어. 어젯밤 눈과 말다툼을 했거든"
그러자 눈이 참다못해 울먹거렸어요.
"나도 기분 나빴거든! 코는 나보고 비실비실 눈이라고 했어!"

つぎのひの あさ、
おかめは かがみのまえで びっくりして さけびました。
「うわあっ! はなが いないじゃない! はなは どこにいったの?」
めは まだ ふてくされているのか、つんとしたまま なにも いいません。
しかたなく、くちが こたえました。
「はなは すねて でていったわ。きのうのよる、めと くちげんかしたの。」
すると、めは こらえきれず なきべそをかきながら いいました。
「ぼくだって むかついてるんだ!
はなは ぼくのことを ひょろひょろなやつって いったんだ!」

11

학교를 마치고 집에 온 오카메는 코를 찾기 시작했어요.
침대 밑에도… 냉장고 안에도… TV 뒤에도 코는 없었어요.
"내가 너희들에게 못되게 굴었나 봐. 애들아, 미안해, 내가 잘못했어."
오카메는 진심으로 사과했어요.
"어떻게 하면 코가 다시 돌아올까?"

がっこうが おわって いえに かえった おかめは、はなを さがしはじめました。
ベッドの したにも、れいぞうこの なかにも、
テレビの うしろにも はなは いませんでした。
「わたしが あなたたちに ひどいことを したみたい。
みんな、ごめんね。わたしが わるかったわ。」
おかめは とても はんせいしました。そして いいました。
「どうしたら、はなが もどってくるかしら?」

"코는 타꼬야끼를 좋아하잖아. 냄새를 맡으면 나오지 않을까?"
입이 멋진 아이디어를 냈어요.
오카메는 엄마가 사다 놓은 타꼬야끼를 전자레인지에 살짝 데우면서,
냄새를 풍기기 시작했어요.
"코야! 우리 같이 타꼬야끼 먹자!"

「はなは たこやきが すきじゃない？ においがしたら でてくるかもしれないわ。」
くちが いいアイデアを おもいつきました。
おかめが、おかあさんが かってきた たこやきを でんしレンジで すこし あたためると、
たこやきの いいにおいが してきました。
「はなちゃん、いっしょに たこやきを たべましょう！」

"킁킁! 아이~ 배고파."
코가 슬그머니 기어 나왔어요.
오카메는 반갑게 코를 끌어 안았어요.
"코야! 내가 못생겼다고 말해서 미안해.
네가 없으니까 숨 쉬기가 정말 힘들었어.
그리고 친구들도 코 어디 갔냐고 자꾸 놀렸어."
코도 콧등을 벌렁거리면서 말했어요.
"사실 나도 혼자 있으니까 심심했어.
그리고 입이 없으니까 아무것도 못 먹어서 배가 고팠어."
"그래? 그럼 우리 어서 타꼬야끼 먹자!"
오카메의 얼굴이 활짝 피었어요.

「クンクン、ああ、おなかが すいたなあ!」はなが そろりと はいでて きました!
おかめは、すぐに かけより はなを だきあげました。
「はなちゃん、ぶさいくって いって ごめんね。
あなたが いなくて いきを するのが たいへんだったの。
がっこうの ともだちにも はなが ないって からかわれたわ。」
はなも、はなすじを ひくひくさせながら いいました。
「ほんとは ぼくも ひとりで さみしかったんだ。
それに くちが いないから なにも たべられなくて おなかが ぺこぺこだったんだ。」
「そう? それじゃ はやく たこやきを たべましょう!」
おかめの かおは ぱっと あかるくなりました。

"띵동~"
"오카메야~ 코 찾았니?"
초인종 소리와 함께 소라의 목소리가 울려퍼졌어요.
오카메는 반갑게 문을 열며 코를 보여줬어요.
"그럼~ 우리 이제 화해했어!"

「ピンポーン」
「おかめちゃ〜ん、はな みつかった?」
おかめの しんゆう、そらちゃんです。
おかめは いそいで ドアをあけると、はなを みせてあげました。
「うん! わたしたち なかなおりしたの!」

그런데 오카메를 보자마자 소라가 꺄르륵~ 숨 넘어가게 웃는 거예요.

"코가 물구나무를 서고 있어. 하!하!하! 역시 넌 남달라!"

순간 코는 부끄러운 듯 딸기코가 되어 말했어요.

"내가 너무 배가 고파서 정신이 없었나 봐."

ところが おかめの かおを みるなり そらちゃんが おおごえで わらいはじめました。

「はなが さかだちしてる! ハハハ。やっぱり おかめちゃんって おもしろい!」

そらちゃんが そういうと、はなは、まっかになって いいました。

「ぼく、おなかが ぺっこぺこで あわてちゃった。」

"오카메 얼굴 친구들은 다들 너무 재미있어.
오빠하고 싸워서 속상했는데 싹 풀렸어."
소라가 말하자, 눈도 신이 났어요.
"그럼 나도 재주 좀 부려볼까? 하나, 둘, 셋!"
눈도 물구나무를 서자 소라는 또 웃었어요.

「でも、おかめちゃんの かおの なかまたちって、ほんとに おもしろいね!
わたし、おにいちゃんと けんかして おちこんでたんだけど げんきになっちゃった。」
そらちゃんが そういうと、めも おおよろこびです。
「それじゃ、ぼくも ひとわざ おひろめしてみるか! いち にの さん!」
めが さかだちを すると、そらちゃんは また おおわらいしました。

오카메는 행복하게 웃는 소라를 보며 말했어요.
"이상하다. 소라가 웃으니 나도 기분 좋아지는 것 같아."
그러자 입이 말했어요.
"笑う門には福来る(웃는 집에 복이 온다)라고 하잖아.
소라와 오카메에게 복이 오는 거지!"

おかめは、たのしそうに わらう そらちゃんを みて いいました。
「ふしぎだな。そらちゃんが わらうと、わたしも うれしくなるみたい。」
すると、くちが いいました。
「わらうかどには ふくきたるって いうじゃない。
そらちゃんと おかめちゃんに ふくが きたのよ。」

"난 너희들이 있어서 행복해. 정말 고마워."
오카메가 말하자 눈도 기뻐하며 대답했어요.
"우리도 오카메를 좋아해!
우린 세상 모든 사람에게 복을 줄 수 있어!"
"맞아! 나도 오카메와 친구라서 행복해."
소라도 맞장구 쳤어요.
오카메와 친구들은 오늘도 사람들에게 웃음을 주고 있답니다.

「わたし、みんなが いて しあわせよ。ほんとうに ありがとう。」
おかめが いうと、めも よろこんで いいました。
「ぼくらも おかめちゃんが だいすきさ!
ぼくらは せかいじゅうの ひとたちに ふくを あげられるんだよ!」
「そうね! わたしも おかめちゃんが ともだちで しあわせよ!」
そらちゃんも あいづちを うちました。
こうして、おかめと なかまたちは きょうも たくさんの ひとたちを
えがおに していると いうことです。

Okame and Her Friends

In a village somewhere in Japan, there was a child named Okame.

Today, as usual, Okame muttered in front of the mirror before going to school.

"How come I am so ugly?"

Okame wasn't pleased with her own face.

Reflected in the mirror, her eyes sparkled and spoke.

"You're not talking about me, are you?

No matter where you go, you will not find a pair of eyes as slim and full of character as me."

Then, above the eyes, the round eyebrows also spoke up.

"Nowhere in the world can you find eyebrows as round and cute as me."

The nose chimed in, saying it couldn't be left out.

"You're definitely not talking about me.

Anyone who looks at me knows I'm handsome."

The mouth remained silent for a while before whispering to Okame.

"Okame, be honest. Aren't I the most handsome?

I mean it's thanks to me that you can enjoy all those tasty treats."

Okame sighed and replied, "I don't like all of you!"

That night, the eyes and nose began to argue, blaming each other for being the problem.

"Be quiet! You'll wake Okame!"

The mouth tried to stop the fight, but it was no use.

They fought for a while before finally quieting down.

The next morning,

when Okame stood in front of the mirror, she was startled and shrieked.

"Oh no! My nose is gone! Where could it have gone?"

The eyes, still mad from the argument, remained silent.

With no other choice, the mouth spoke up.

"The nose got upset and left. It argued with the eyes last night."

Upon hearing this, the eyes choked up.

"I was upset too! The nose called me 'feeble eyes'!"

After school,

Okame began searching for her nose upon returning home.

She looked under the bed, in the fridge, and behind the TV, but her nose was nowhere to be found.

"I must have treated you guys poorly.

Guys, I'm sorry, I was wrong,"

Okame felt deeply sorry. Then she said, "How can I do to find my nose?"

"Since noses love takoyaki, maybe it'll come out after smelling it," the mouth suggested.

Okame placed the Takoyaki her mother had bought on the table and waited anxiously.

Would the nose indeed come out?

"Sniff sniff... Oh, I'm so hungry!" The nose crawled out!

Okame quickly hugged her nose and said,

"I'm sorry, nose. I shouldn't have called you ugly.

I felt suffocated without you. And my friends at school teased me for not having a nose."

"Honestly, I was also lonely and bored. And since I didn't have a mouth and couldn't eat anything, I was hungry."

"Right! Let's eat takoyaki!" At that moment, there was a 'ding-dong.' It seemed someone had come.

"Okame, did you find your nose?" It was Okame's best friend, Sora.

"Yeah! We reconciled now!" Okame replied. As Okame turned around, she noticed her nose appeared to be in a hurry, probably because it was hungry! "Oh! Looks like your nose is in a rush! Hahaha," Sora chuckled, causing the nose to feel embarrassed. "Oops! I guess I was just super hungry," the nose admitted.

"By the way Okame, your face is so funny!

I was feeling upset after arguing with my brother,

but seeing your face cheered me up completely," said Sora.

As she spoke, Okame's eyes sparkled with excitement.

"Well, should I show off my talents too? One, two, three!" The eyes stood

upside down, and Sora laughed again.

As Okame watched Sora laugh happily, she remarked, "It's strange. Sora's

laughter somehow brightens my mood too."

Then, the mouth added,

"You know, they say good fortunes come to homes where laughter dwells.

It is finding its way to Sora and Okame!"

"I'm so happy to have you all. Thank you so much," said Okame.

The eyes happily responded,

"We love you too, Okame! We can bring good fortunes to everyone in the

world!"

"That's right! I'm also glad Okame is my friend," Sora chimed in.

And still to this day, Okame and her friends continue to spread their joy

with others.

일본 전통놀이 소개

후쿠와라이

일본에서는 설날 주로 하는 전통놀이인데요. 눈을 가리고 얼굴의 윤곽이 그려진 종이 위에 눈, 코, 입, 귀 등을 얹어 얼굴을 완성시키는 놀이입니다. 눈을 가리고 손의 감각을 이용해서 얼굴을 꾸며주는데… 안대를 벗으면 여러 가지 표정의 얼굴을 보고 같이 웃게 됩니다.

켄다마(죽방울)

망치 같이 생긴 본체와 나무공이 줄로 묶여있는 장난감으로, 나무공을 양 옆, 장구처럼 생긴 받침대에 올리는 놀이입니다. 두 다리를 어깨 넓이로 벌리고 무릎을 살짝 구부린 후 시작합니다.

다루마오토시

달마(다루마)와 떨어뜨리다(오토시)가 합해서 만들어진 단어예요. 달마 얼굴과 원형 나무블럭을 쌓아놓고 나무 망치로 맨 아래칸부터 쓰러지지 않게 한 칸씩 톡~ 쳐내는 놀이입니다. 조심스럽게 접근하는 것 보다는 짧고 굵게 탕! 쳐야 성공할 수 있습니다.

하네츠키

하고이타 그림이 그려진 나무 라켓으로 하네(나무 열매에 깃털을 꽂은 공)를 쳐서 주고 받는 놀이에요. 배드민턴과 비슷한데 정월에 주로 여자아이들이 기모노를 입고 하는 놀이에요. 놀이에서 진 사람은 붓을 이용해 얼굴에 먹을 칠하는 룰도 있다고 합니다.

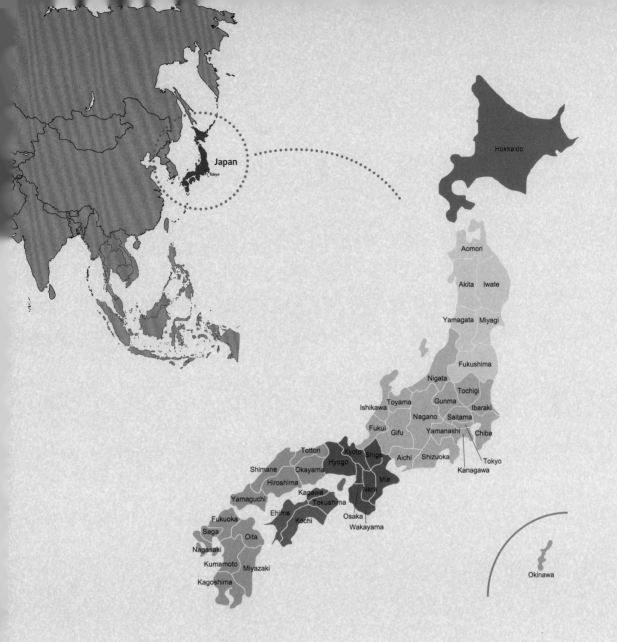

일본

- 위치 : 동아시아
- 수도 : 도쿄
- 언어 : 일본어
- 종교 : 신도, 불교, 기독교
- 정치·의회형태 : 입헌국주제

일본은 아시아 대륙 동쪽에 홋카이도[北海道], 혼슈[本州], 시코쿠[四國], 규슈[九州] 등 4개의 큰 섬을 중심으로 북동에서 남서방향으로 이어지는 섬나라입니다.

섬나라이기에 어업국가일 것 같지만 동시에 농업국가이기도 합니다. 기름진 땅과 따뜻한 기후 덕분에 풍성한 농작물을 수확하고 있다는데요. 일본 역사의 모든 시대를 통하여, 쌀은 일본인의 식생활에 없어서는 안되는 주식이 되었습니다. 이른 아침부터 고된 일들을 끝낸 농민들은 손수 키우고 있는 농작물이 자라는 모습을 바라보면서 주먹밥을 즐겨 왔습니다.

다문화 동화책은
다문화 엄마들이 직접 만든
🔍 아시안허브 출판사 동화책으로 검색해 주세요!

오카메와 친구들
おかめとなかまたち
Okame and Her Friends

값 7,000원
03830

9791166201875
ISBN 979-11-6620-187-5

🎧 아시안랭귀지(asianlanguage.kr) 다국어 동화 원어민 오디오 및 영상 자료 공유

한국어로 읽는
필리핀 동화

Alamat ng Durian

Writer **오혜진** (Marisa Conde)
Drawing **오지혜** (Jihye Oh), **오범호** (Beomho Oh)

추천글

다문화 전문 사회적기업 아시안허브에서는 다문화가정 아이들이 엄마나라의 언어와 문화를 이해하고 한국과 엄마나라 소통의 가교가 될 수 있도록 다양한 프로그램을 진행하고 있습니다.

엄마나라 동화책 제작 프로그램은, 다문화가정 엄마들이 어린 시절 할머니 할아버지에게 듣고 자랐던 전래동화를 한국어와 모국어로 제작하고 직접 그림까지 그려서 출판하는 프로젝트입니다.

동화책이 다문화가정 아이들에게 읽히면서 아이들이 엄마나라를 조금 더 친밀하게 느낄 수 있고, 선주민 아이들도 동화책을 통해 이웃나라를 경험할 수 있었으면 합니다. 동화책은 아시안랭귀지(asianlanguage.kr) 사이트를 통해서 판매가 되며, 오디오북으로도 보실 수 있습니다.

이 책이 출판될 수 있도록 스토리 과정을 교육한 김선영 선생님, 일러스트 과정을 교육한 김정화 선생님, 그리고 프로그램 전반 관리를 한 김새로 대리… 모두가 한 마음으로 최선을 다해 준비하였습니다.

번역자 겸 작가로 첫 번째 책을 출간한 일본 아카네, 중국 쉬환, 필리핀 오혜진 등 우리 국가별 저자들에게 무한한 축하를 드리며, 앞으로 더 많은 책으로 독자들과 만날 수 있기를 바랍니다.

이 도서를 구입해주시는 분들은 한국의 다문화가정 정착에 큰 힘을 실어주시는 겁니다. 감사합니다.

2016년 12월
(주)아시안허브 대표이사 **최진희** 씀